ИРИНА ИВАНЧЕНКО

БЕЗВИЗ

This book was first published in print in Ukraine by Сітон in 2025.
The present American edition, newly revised by the author,
was prepared for publication by Virgola Press in 2025.

First American Edition © 2025 Virgola Press

Cover design © 2025 Virgola Press
Cover image *Winter Landscape with a Bird-trap* by Pieter Brueghel
the Younger, courtesy of Brukenthal National Museum

Published by Virgola Press
www.virgolapress.com

ISBN: 978-1-968788-11-7

Даше, маме, Штефану,
Анастасии Андреевой, Дуне Зенгер,
Юрию Ковальскому, Галине Биленко,
Элле Леус, Ирине Евсе, Марине Гарбер
с теплом

ИРИНА ИВАНЧЕНКО

БЕЗВИЗ

VIRGOLA PRESS
New York

***

в этом пряничном кукольном где-то на севере где-то
мы как гости непрошены не по погоде одеты
пролетев над полями и Бучами всеми Европами
мы не птицы
                завидев зерно только крыльями хлопаем

и десятки и тыщи за нами по беглому следу
наши дети уже не играют в войну и победу
и пока разбивает гнездо недобитая стая
наши дети еще не живут но уже не играют

каждый сам по себе на постели чужой а на деле
это сотни сердечек в одном обнулившемся теле
и на теле страны мы зияем как общая рана
и по стенкам сосудов стекает вода из-под крана

наше тело из глины а души как тени бескровны
но терновник и лавр обнялись за оградой церковной
здесь токкатой и фугой начинается месса вечерняя
мы обнимем друг друга слова потеряли значение

наше тело смахнули не глядя с гончарного круга
наше общее дело держать не теряя друг друга
в этой стыдной тоске в стадных поисках крова и пищи
оттого что любовь своего и чужого не ищет

оттого что любовь милосердствует и согревает
мы обнимем любого кто прибыл из ада и рая
очагом для него якорями его парусами
оттого что последняя родина это мы сами

оттого что не пыль перекатная пепел залетный
нас любовь выбирает из прочих детей и животных
и родная земля под ногтями и небо на блюде
оттого что не пепел а все-таки все еще люди

ЗИМА

Элле Леус

Зима, зима от марта и до марта.
Ты помнишь, как мы жили до зимы?
На площади святого Дюрренматта
горят костры по случаю чумы.

Но гражданам ничто не угрожает,
когда пожарно лает каланча.
Мой муж — палач, примерный горожанин,
а я — жена простого палача.

Снегами сонный город околпачен,
но ветер стих и вечер недалек.
Сосед-молочник и сосед-башмачник
захаживают к нам на огонек.

Я промолчу, а ты меня не слушай,
когда стоим, обнявшись, у дверей.
Воронья стая облепила грушу,
за нами надзирая из ветвей.

У здешних птиц — своя игра в молчанку.
Того гляди, накаркают беду.
Палач спешит на службу спозаранку,
застегивая куртку на ходу.

Звезда в окне — как бирка на подарке —
вот-вот слетит в рождественский носок.
Палач — он тот же лекарь: от подагры
избавит быстро выстрелом в висок.

Муж с петухами, ежась от дремоты,
встает и уменьшается в плечах.
Все чаще вызывают на работу
его условным стуком по ночам.

Блестит каток у Лысой водокачки,
весь в ссадинах под коркой слюдяной.
Сосед-молочник и сосед-башмачник
отводят взгляд, здороваясь со мной.

Чини белье, на ближнего не сетуй.
Неделю почтальон не кажет глаз,
но в ящике с воскресною газетой
белеет приглашение на казнь.

Бросая все — и утварь, и посуду,
молочник эмигрирует во тьму,
как будто возвращается оттуда,
откуда не вернуться никому.

Погожий полдень у зимы в заначке,
парует снег на бане водяной.
Три дня тому пропал сосед-башмачник,
а завтра кто-то явится за мной.

Зима нескоро разрешится мартом
в окрестные болота и пески.
Муж смажет дыбу кукурузным маслом,
чтоб петли не завыли от тоски.

Зима одна, как Санта вездесущий,
на всех, кто сомневается, что жив.
День прибывает за луной растущей,
к времянке ночи путь запорошив.

Зарывшись в сон, густой и черно-бурый,
мы спим, не зная: зиму напролет
Господь очеловечивает буквы
и сходство с нами слову придает.

2017

СИНАЙ

1

Светает. Конвой у ворот, и рабы, и собаки.
Вот-вот над горою покажется первая просинь.
Здесь черные козы пасутся у мусорных баков
и гонит ораву туристов курчавый Иосиф.

Здесь камни в корзинах, а манну еще не собрали,
и козы пасутся, не зная, что скоро — на бойню,
что совесть и зависть родней, чем Иосиф и братья,
а в каждом из нас умещаются раб и конвойный.

Здесь катится по небу солнце верблюжьей колючкой,
гонимое ветром, ранимое встречным утесом.
Рабы сердобольней конвойных, а значит живучей,
и рабскую участь до времени терпит Иосиф.

У стен монастырских чумазые дети играют
в менял и торговцев и камни сбывают приезжим.
Конвой отпирает ворота ключами от рая,
и солнце цветет, как терновник, растет, как надежда.

Здесь путников помнит щебенка дороги, за нею
гора каменеет от страха в присутствии Бога.
В начале — слова о любви. Толкованья позднее —
серебряный шелест оливы в долине пологой.

Туристов уводят в автобус. Иосиф сминает
коробку от «Camel», искрит маячок сигареты,
и красное солнце на красном подворье Синая
ночует, и холодно ветру, а камни согреты.

Февраль 2018

2

Светает. Стихло. Птичий гам
укроет Киев одеялом.
Я различаю по глазам
того, кто вышел из подвала.

Светло, как в детстве, по ночам
от вспышек, падающих рядом.
Идет домой и ставит чай,
и смотрит поседевшим взглядом.

Подвал — спасибо, что не склеп, —
есть сгусток безопасной зоны.
Он стар, но может резать хлеб
в отряде самообороны.

Кораблик к дому своему
плывет в тоске исповедальной.
Что знают Сартр и Камю
про опыт экзистенциальный?

Горит на страже Верхний Вал.
Болит Желань в районе сердца.
И я иду за ним в подвал,
чтоб хоть немного отогреться.

И так не верится в тепле
и тишине недолгой, звонкой,
что я живу не на земле,
а в шаге от взрывной воронки.

Февраль 2022

***

Завтра будет война
с отсыревшими за зиму листьями.
Завтра будет весна,
только это в сегодняшнем истинно.
Снег пришел и ушел,
отступив от позиций осадных.
Будем листья в мешок
собирать и готовить рассаду.
Будем резать, сажать
и копаться в земле глинобитной.
А потом урожай,
это будет великая битва.
Завтра будет война
с ошалевшими к маю жуками.
И река — да взорвется она
золотыми мальками.
Завтра будут разгон и побег
вод небесных в околицах здешних.
— Что там, Господи, враг или снег?
— Распустились черешни.

22.02.2022

МЕЖДУ

1

Между бомбежками она подметает подъезд:
«Уборщицы нет, что ж нам теперь, засраться?»
Вот он, безвиз в преисподнюю, виза без
даты, туда, где поздно огня бояться.

Между бомбежками он охраняет вход
в ближний подвал, где соседи снесли пожитки.
Вот он, Господний свиток, заветный свод
о том, что не стоит бояться любви и жизни.

Нет окаянных дней и времен лихих,
время — одно на всех холодком по коже.
Между бомбежками, Боже, пишу стихи.
Нет, опоздала, во время бомбежки тоже.

Есть ли в небе кто живой?
Я сниму ничейный угол.
Между морем и землей
пришвартован Мариуполь.

Чайки спят крыло к крылу
на продавленном причале.
— Я сегодня не умру, —
говорю себе ночами.

Чайкам, спящим у воды,
снятся родовые гнезда.
Наши галочьи следы
заметает хвост обозный.

То ли тесно меж людьми,
то ли мы родимся позже,
то ли маятник любви
покачнется в нашу пользу...

Смерть краснеет на юру,
жизнью поймана с поличным.
Говорю себе привычно:
— Я сегодня не умру.

3

А теперь послушай о том, что из умных книг
не почерпнут ни зверь, ни моллюск, ни птица.
Ужас — тоже животное. Накорми,
обогрей, приласкай, видишь, как он боится.

Вот он свернулся жгутиком в животе,
лапки поджал, эмбриону души подобен.
Если ты помнишь, ужас приходит к тем,
кто изначально чист и внутри свободен.

Потому что из тех, кто полон мороком и слюдой,
ему ни за что не выйти, хрипя и тужась.
Он давно вошел в их тела, как к себе домой,
ибо они и есть настоящий ужас.

А твой звереныш — просто защитный спам.
Всякую тварь Господь создает зачем-то.
Защити его и защитишься сам
под несущей стеною плача, зарей вечерней.

4

теплых вещей не бери
главное
не оставь надежду
пассажирские скорые давние
прорываются между
Молохом и наковальней
и божком рукастым
от войны и дороги дальней
не зарекайся

воду очки отключить электричество
тьму в изголовье…
бросив к чертям свой багаж риторический
где-то во Львове
ехали сутки в продавленном тамбуре
слиплись как тесто
поезд до Познани дальше до Гамбурга
дальше по тексту
хлебом чужим пересыльными хабами
сытые в горе
между тобой и балтийскими хлябями
миром и морем
не приземлились кружат неприкаянно
рядом и между
небом и ратушей в городе каменном
ближе чем прежде

5

Ласточки мечутся, может, они обезумели,
криком вещуя и крыльев своих не щадя.
Киев живет по Кабанову: все мы не умерли,
дети играют на детских его площадях.
К августу листья до теплого хаки рыжеют,
пряча птенцов человеческих, прочих комах.
Встали деревья, подняли стволы оружейные
и маскировочной кроной закрыли дома.
Кажется, все, как и прежде, и все слава богу,
разве что чаще по встречной конвой и дозор.
Ласточки мечутся перед воздушной тревогой.
Прежде вот так же метались перед грозой.

6

Отгудела сирена, но длится пожарный вой,
запуская иной, разъедающий душу зуммер.
Этот грохот — он есть или чудится? Кто живой —
отзовись и скажи, что никто из друзей не умер.

Когда он заискрит — тот божественный свет в конце,
попрошу тишины и еще, и еще тишины,
оттого что сетка морщин на моем лице
повторяет сегодня карту моей страны.

По утрам зашиваешь себя словно рваный шов,
в каждой морщине — воронка расцветки хаки,
и подходишь к зеркалу, чтобы узнать во Львов
прилетело ночью или бомбили Харьков.

Впереди зима, а запаса особо нет,
и голодные птицы, как дроны, летают низко.
Обесточен дом, но еще остается свет
изнутри и его хватает на самых близких.

И когда он войдет — побеждающий мрак — в проем,
я скажу — спасибо, Боже, что шли вдвоем,
оттого что сетка морщин на лице моем
повторила карту боев.

2022—2023

***

The air raid siren stopped wailing, but the fire truck
is howling, corroding the soul with dread;
is this rumble real, imagined, is the building struck?
Respond, survivors, say none of my friends is dead.

I'll ask for silence and for even deeper silence
when at the end the heavenly glare flashes,
because today the web of wrinkles on my face
reflects the map of my country's trenches.

In the morning you sew yourself up like a torn suture,
every wrinkle —
like a crater reminds of the rockets' might,
and you look in the mirror to figure out was it Bucha
or Lviv or Kharkiv was bombed tonight.

Even birds are hungry, low like the drones they fly,
winter is coming but the food is scarce in the closet,
home's without power, but there is still some light
from within which is enough for those who are the
closest.

When he, who finally conquers the dark, arrives,
I'll tell him —
thank you Lord for walking with me, for the grace,
because the web of wrinkles on my face
reflects the map of the fights.

Translated by Marina Eskin

ЯВОРОВСКИЙ ПОЛИГОН

1

Здесь блаженная Юлия бродит страною чудес,
просит десять копеек, зимою вот так же просила.
Вынимаю полтинник.
— Храни тебя Господи здесь.
И в молитве безумной нездешняя чудится сила.

— Видишь, плотник Иосиф готовит веселую смесь,
в зажигательной схватке со смертью сойдясь, в
хороводе.
Передай по цепочке: «Храни тебя Господи здесь».
И в безумной молитве есть место любви и свободе.

Нет, не все мы уехали, город не выедет весь
за пределы земли, за блокпосты, за стены Софии.
И в репостах сирены: храни тебя Господи здесь,
И в прощальных гудках поездов, и в священном эфире.

Повторяю за нею: храни тебя Господи здесь,
и повсюду, о где бы ты ни был, храни непрестанно,
точно пену земную сдувая имперскую спесь,
заслоняя собою на подступах и полустанках.

Ее зовут Юлия. Я видела ее и вчера, и год назад, и десять. Маленькая, сморщенная, в прохудившемся черном пальто. Ходила вокруг рынка, бормотала невнятное, просила 10 копеек. Ее жалели, кто хлеба давал, кто конфетку. Рынок давно снесли, выстроили торговый центр, а она все так же кружит вокруг привычного места.

— Дай 10 копеек...

Я стараюсь давать, если просят. Гривню, две. Сколько могу. А тут отмахнулась, не могу ни о чем.

15

Опомнилась, достала кошелек, вытащила 50 грн. Не знаю, почему столько. Рука сама дала.

Схватила денежку, прячет в карман. Отходит на два шага, оборачивается. «Меня зовут Юлия, Юлия». Еще отходит и — обернувшись: «Храни тебя Господи здесь».

Она идет вдоль дома, бормочет, останавливается то и дело, наклоняется. Я сперва не поняла, зачем. Потом увидела — собирает пустые стаканчики из-под кофе, сигаретные пачки и относит их в мусорный бак.

2

а по ночам кровоточит и гложет
сколько бы ты ни просил отпусти
эта ракета летит за Сережей
бесится воет не может найти

ночью помилуй а утром осанна
дому со всем уцелевшим добром
эта ракета летит за Оксаной
теплое сонное чуя нутром

за блокпостами ежами заставами
дети мои под несущей стеной
черная гладкая и хвостатая
эта ракета летела за мной

точки на карте нет пятна родимые
Киев Одесса повсюду родня
Господи всех сохрани до единого
выживи сам не забудь про меня

Молитва Архистратига Михаила

Я помню, мой Господи, всех, кого Ты сотворил
(о павших скорбеть нелегко, но о падших — не легче).
Еще до того, как Ты *их* научил говорить,
стрелять наловчились *они* в перелетных и певчих.

А птицы — как люди — курлычут свое «Отче наш»,
но сколько стрижей не смогли долететь до Синая.
Далекий потомок колчана, тугой патронташ
плодится и множится в недрах стальных арсеналов.

Голодным тридцатым, обугленным сороковым
едва ли найдутся могильные ямы по росту.
Когда на земле не осталось мишеней живых,
они научились из пушек палить по погостам.

Я помню, как взрывы сметали опоры мостов,
как дрогнули стены и кровли под залпом прицельным.
Когда не осталось ни тел, ни нательных крестов,
они научились из танков расстреливать церкви.

Веками — стреляют. Погоня идет по пятам.
И снова бегу по горящим ярам и пригоркам —
несу на руках Богородицу к Райским вратам,
крылом прикрывая от пули, летящей вдогонку.

Нет времени нашего тяжче из прочих времен,
но эта же тяжесть раздавит грядущего Хама.
Я верю — однажды на Яворовский полигон
придут звонари, и миряне потянутся в храмы.

Толоку затеют, всем миром замесят дома.
Поджаристой коркой прихватится глина сырая.
И к Третьему Спасу хлеба соберут в закрома,
и шумные свадьбы к Михайлову дню отыграют.

В ноябре 1939 года неподалеку от Львова СССР начал строить Яворовский военный полигон. Он и сегодня остается самым большим в Европе. Чтобы «расчистить место», принудительно выселили всех местных жителей. Стерли с лица земли 170 сел и хуторов, 14 кладбищ, разрушили 20 церквей, два костела, засыпали полторы тысячи колодцев.

В 1927 году в селе Большая Вишенка, где было почти 5 тысяч жителей, начали возводить каменный храм. Собирали на храм всем миром. Церковь освятил в честь Архистратига Михаила митрополит Андрей Шептицкий. Однако храм прожил только 13 лет.

Депортация местного населения началась в 1940-м. С того же года Михайловскую церковь использовали как мишень для танков. Цитирую блогера Романа Бречко (запись в LiveJournal): «Уничтожали церковь особо цинично. После первых попаданий снарядов и разрушения куполов на их место ставили картонные имитации и по ним стреляли снова. Можно только представить, насколько крепкой была конструкция церкви, если смогла такое выдержать...»

После войны танковые учения продолжили. По храму Архистратига Михаила стреляли до 1953 года, но стереть его с лица земли так и не смогли.

Руины Михайловской церкви — и по сей день чернеют на Яворовском полигоне. Раз в год священники греко-католической церкви служат здесь литургию. На службу приходят миряне из окрестных сел.

Расстрелянная церковь стала одной из ключевых локаций на съемках фильма «Поводырь». Художник-постановщик фильма, народный художник Украины Сергей Якутович нарисовал на уцелевшей стене храма фреску — ангела, играющего на бандуре. Это была одна из последних работ Мастера.

Про Архистратига Михаила, собеседника Сына, можно говорить часами. Отмечу лишь, что, согласно апокрифам, Михаил призовет мертвых на Страшный суд и будет свидетельствовать о деяниях каждого. Именно Архистратигу Михаилу было доверено нести в Рай Деву Марию после Успения.

Сейчас Яворовский полигон — международный центр миротворчества и безопасности.

Летом 2013-го — приехала в Яворов. Но добраться до «расстрелянной церкви» тогда не довелось. За несколько дней до этого начались учения, полигон был закрыт для гражданских лиц. На Яворовском полигоне инструкторы из США, Польши, Литвы, Канады, Великобритании передавали украинцам опыт обороны и наступления.

13 марта 2022 года из акватории Черного моря по Яворовскому полигону выпустили 30 ракет. Самолеты подняли в воздух из аэропорта Саратова. 35 человек погибло, раненых — 134.

От полигона до Шегини, пешего перехода в Польшу — несколько десятков километров. В Шегини — 1100 жителей. Через этот переход идут тысячи беженцев. Прошли с дочкой и мамой Шегини за шесть часов до ракетного обстрела.

Март 2013 — март 2022

ТИБЕРИНА

Александру Шевченко

1

Все спешат на Вокзал. Даже тучи в Европу плывут.
Неужели случится и нам? Неужели придется
оставлять доморощенный свой, домотканый уют,
где заботливой Паркой суровая нитка прядется?

Существует Италия только в рассказах друзей.
Затяни наважденье потуже, как в талии — пояс.
Палиндромный мой быт: дом —
                      аптека — подвал — Колизей —
Колизей — дом — аптека —
                      и мимо промчавшийся поезд.

За оседлую жизнь не по силам назначена дань.
Не в печной ли трубе удержать собираешься тягу
к перемене значений, мельканью названий и дат?
Пусть усталые люди на теплые камни прилягут.

Неужели и нам суждено,
                      неужели и нам
собираться сегодня велят милосердные боги...
К средиземным мирам, к чужеземным доплыть
берегам,
как гадальные карты Европы — раскинуть дороги.

пусть не ладони мои
так хотя бы строки
тихо коснутся лица твоего и тела
нежность во мне накопилась как в почве стронций
и разрушает медленно неумело

я не привыкла брать у любви бесплатно
я заплачу чтоб тебя защитить от холода
тесные — как обноски чужие платья —
дороги трещат по швам и бегут расходятся

как зерна с колосом
        нет — Одиссей с Навсикаей
но пока меж золой и небом
землей и златом
ты стоишь один не касаясь меня руками
нежность в тебя проливается перетекает
алая
милосердная как мирный атом

3

Там крылья ставней бились на ветру
в силках стены над улочкой окрестной.
Я вспомню все, когда опять умру
в твоих руках и в памяти воскресну, —

ручную чайку, плоть небес и кров
для странника в каком по счету Риме,
гостиницу в одном из тех миров,
что мы с тобой еще не сотворили.

Memento Roma, помни обо мне,
пока плывет кораблик Тиберины,
а расставаться тяжелей вдвойне,
чем путь земной пройти до половины.

Вот Эскулап, он бог, как мы с тобой,
местоблюститель и плохой товарищ,
когда врачует сердце через боль.
Я знаю, что и ты меня ударишь.

Memento vitae, я не тороплю
события. Они приходят сами.
Моя вина не в том, что я люблю
слова, а в том, что я люблю словами.

Не Тиберина — дудочка моя, —
гусиный крик, насаженный на вертел.
Кто был любим, тому не страшен яд
змеиный. Кто любил — как Рим, бессмертен.

Хрипит кровать под гнетом простыней,
зародыш дней в гигантском чреве Рима.
Смерть поправима, жизнь неповторима.
Memento Roma, помни обо мне.

ДАРЫ ВОЛХВОВ

1

Ребенок, заплывший в меня из бездонных глубин,
парит, невесом и невидим, плывет, невредим,
растет, обживая уверенно теплое лоно,
и медленно движется вниз по пологому склону.

Он многое помнит: гигантские впадины, рифы.
Уже отличает сердечные ритмы от рифмы.
Он знает меня изнутри, как никто не узнает:
я не приспособлена к дому, я невыездная
с любимой работы... Но тот, кто парит невесомо,
иной распорядок заводит для дня и для дома.

Ребенок и я — слишком долго мы плыли по кругу.
Мы день подгадаем и выйдем навстречу друг другу.

Тяжело засыпала, плакала
горько и без причины.
Все твои страхи, маковка,
излечимы.

Тише, Вселенная. Надо ли
разговаривать громко?
Дороже злата и ладана
сон моего ребенка.

Верхушки лип, макушки башен
и черные зрачки скворешен
сказали мне, что мрак не страшен,
он для острастки здесь развешен.
А я — хороший пересмешник.
И повторить совсем не страшно,
что мрак на молоке замешан,
звездою сахарной украшен.

Помилуй, боль, я правдой отслужу,
твои поля переберу руками,
расправлю стебель и разглажу камень,
и зернам о колосьях расскажу.

Спасибо, боль.
Спасибо за труды,
за продолженье и преображенье,
за то, что из оттаявшей воды
опять мое пробьется отраженье,

за передышку между схваток, за
покой и плодотворные потуги,
за то, что годы зарева и зла
мы прожили, не зная друг о друге.

5

В земном тепле, в плацкартной дольче вита
мне снится, если выдохнусь на час,
что где-то бродит дом, как пес побитый,
из всех щелей выглядывая нас.

Наука бегства, опыт выживанья,
удавкой затянулась простыня,
мне снится: каждый выстрел в мирозданье —
прямое попадание в меня.

Летит вагон над тучею косматой,
дежурный свет командует отбой,
а дочь моя рисует дом крылатый
и крышу с покосившейся трубой.

Еще гоняет мяч команда зондер,
а дочь рисует пальцем по стеклу
огонь, вагон и дом на горизонте,
летящий следом в тлеющую мглу.

Летит обоз, в корзинах плачут дети,
Мадонна держит небо на весу.
Мы всюду дома, где на час приветят,
где чашкой чая нас не обнесут.

О, сколько нас, упавших в эту реку.
Пока бегу, я все-таки живу,
любя, как подобает человеку,
но видятся — во сне ли, наяву —

калашный ряд, ночные аты-баты,
колонны, уходящие во мглу,
где дочь моя рисует дом крылатый
и ветер, пробежавший по стеклу.

1997-2022

* * *

Ты сам себе и снег, и санный
разбег по улице наклонной,
когда осознанная самость
тебя выводит из колонны.
И, отвыкая от общины,
устав ходить, как все, гурьбой,
ты сам и повод, и причина
того, что станется с тобой.

ГАМАЮН

1

О, знать бы, храня и врачуя,
разведать, о чем вдалеке
бесстрастная птица вещует
на страшном своем языке.

О, знать бы заранее или
расслышать, покуда поет,
гадая по пятнам чернильным,
как сузится время твое:

от слов довоенной огранки,
от ветки, откуда поет,
до редких звонков из Луганска
и окрика: «Стой, кто идет».

И тело к земле приникает —
прикрыть ее в ближнем бою,
где птица на миг умолкает
и слушает песню свою.

2

Был август, будто брат, неласков, —
такие, Господи, дела —
кровавой юшки в Иловайске
хлебнул из общего котла.

А за мгновенье до отстрела,
когда б ты видел, Боже мой,
душа цепляется за тело,
а тело просится домой.

С боями до Преображенья
шел август. Картам вопреки,
он выходил из окруженья,
как Моисей через Пески.

Он пробивался земляникой
над укрепленьем земляным.
Светились яблоки и лики —
как будто не было войны.

Луга в удавке повилики,
Луганск, отрезанный огнем.
И только яблоки и лики
горят неопалимо в нем.

2014–2016

ЧУЖИНКА

Як сніг одійшов і черешневий цвіт одів'яв,
чужинка прийшла із давно позабутим ім'ям.
Худа і бліда, і чорнява, а скільки їй літ?
Блукає світами, відтоді, як створено світ.

Як гостя незвана зайшла до оселі вона,
та жінка незнана, що зветься в народі — війна.
Залишилась на ніч, а вранці знялась — і на Схід,
і друг мій сердешний підвівся за нею услід.

Високий і статний, волосся його наче шовк.
Не кликала — він без наказу за нею пішов.
Як сотні і сотні ішли у годину лиху,
аби зупинити її на одвічнім шляху.

Стотисячний стогін над містом застиглим луна.
Як іній до скла, так і я приросла до вікна...

— О, як ти, мій друже, не вгледів у тому вікні,
як сумно, як темно, як холодно було мені?
Була синьоока — тепер сивоока повік,
і коси мої золотаві біліші за сніг.

— Не плач, моя люба, радій серед квітів і трав.
Я жінку вночі наздогнав, я її обійняв,
притиснув до серця, на землю упали удвох.
І бачили це тільки зорі грудневі і Бог.

THE STRANGER

The snow moved away, and the blossoms dressed up
cherry trees
The strange woman came, with the name long forgotten
and ceased,
She's pale and raw-boned and black haired,
& who knows if she's old,
She roams the creation since the very start of the world.

She came uninvited as if for an hour, no more,
anonymous woman, who's known among peoples as war,
She stayed for the night, and at dawn slipped away to the East,
Alas my beloved left after her into the mist.

He's tall and he's handsome, his hair is curly and soft
Though she didn't call him he followed her all on his own.
As hundreds and hundreds who left at the time of unrest
To stop her for good in her cruel unforgivable quest.

A thousands' groan echoed over cold village with fear,
As frost to the glass so did I to the window adhered.

O how you, my dearest, looked close
and still would not behold,
How sad in the dark I stood in there, how lonely, how cold?
Remember my blue eyes, they now are grey eyes
without glow,
And my golden braids, you can see, now are whiter
than snow.

Don't cry, my beloved, rejoice among flowers and rye,
I caught this strange woman that night
and I hugged her so tight,
We fell to the ground, I pressed her so hard to my heart,
The only onlookers were stars of December and God.

Я маю чужинку, що вкралась до мирних осель,
відвести подалі від наших страдженних земель.
До самих небес без спочинку нам з нею іти,
бо там, де вона зупиняється, ставлять хрести.

Радій, моя люба, черешневий стелиться дим.
У серці твоєму живому зостанусь живим.
Не я обираю той шлях, що судилось пройти.
Щоб неба дістатись, у землю потрібно лягти.

This stranger, who callously crept into our peaceful homes,
I've taken forever away from our suffering turfs.
To nether world I will transport her like vigilant guard,
Because when and where she stops crosses grow
                                        at the graveyard.

Rejoice, my beloved, look, cherries are blossoming wild
I know that I'll live and be cherished in your living heart.
I didn't choose the path I was destined to take and to mount.
In order to reach the sky, one need lie down in the ground.

Translated by Marina Eskin

ПОМІЖ

1

ізнов ця Хресна путь
невже
і нам — всі чотирнадцять станцій
гіркі миттєвості останні
рослинна пам'ять береже

хоча віддячать за добро
сади врожаєм життєдайним
як спис уходив під ребро
шипи шипшини нагадають

і згадки ті впадають в око
коли кровить у полі мак
немов попереджа — вояк
ізнов занурив губку в оцет

так про часи поневірянь
переповість розквітлий терен
так наче парох до вірян
говорять паростки до зерен

...і де він, де подівся, клятий,
від хати — ключ?..
Я маю речі позбирати
нашвидкуруч.

Залишу все, що мала вранці,
що мало бути, що мине.
Як гімн усіх евакуацій:
«Мій Боже, не полиш мене...»

не втікачі, не перебіжчики
хіба втекти від тих боїв
нам тимчасово переміщеним
у часі й просторі своїм

в таку місцевість переміщені
де ані кревних ні чужих
але назавше перемішані
у купі мертвих і живих

чи є вона безпечна відстань
від небуття до укриття
не втікачі це тільки відступ
від правил мирного життя

Так часто дні жалоби й поховання,
що води Стіксу вийшли з берегів.
А я люблю — мов дихаю востаннє.
Як позика у долі це кохання,
і я не хочу повертать боргів.

Та й доля поки що своє не править.
Їй не до нас: то ціле місто спалить,
то зливи закликає до пожеж.
Навідує щодня лихварка-пам'ять,
неначе їй ми завинили теж.

5

Марині Гарбер

теплих речей не бери
надія
тобі у поміч
з Харкова чи Поділля
ешелони поміж
Молохом і ковадлом
і божком рукатим
од війни і дороги спраглої
не зарікайся

вимкнути воду і струм електричний
морок у скроні...
напризволяще багаж риторичний
десь на пероні
злипнулись в тісто в роздушенім тамбурі
ближче ніж сестри
потяг до Познані далі до Гамбурґу
далі за текстом
з хлібом та сіллю у хабі одвічнім
наче у вирії
поміж тобою і морем північним
світом і прірвою
ґрунту не мають кружляють між птицями
кличуть на поміч
поміж тобою і кам'яницями
ближче ніж поруч

6

Дуні Зенгер, з теплом

О, послухай іще, мій Господи, я тобі
розкажу про те, що собі говорити мушу,
бо немає в мені ненависті, тільки біль
за всіма, кому війна спопелила душу.

Я добігла до краю світу, аби дитя
врятувати від того попелу і наруги.
Тут сирени співають, бузкові дощі летять,
як жива вода, у мої пересохлі руки.

Ти даєш мені світ, і плоди їстівні, і дах,
аби я не зосталась з дитиною просто неба.
Ти повз три кордони проніс мене на руках,
то скажи тепер — що я можу зробить для тебе?

Я горнусь до слова, аби втамувати страх.
Що я вмію? Любити і видихати вірші.
Ти даєш мені добрих людей на усіх шляхах,
то скажи тепер — що я маю зробить для інших?

Я біжу, наче наздоганяю чужу весну,
і моя душа не встигає за мною бігти,
і ніде немає ні спокою, ані сну,
хоч і дав мені все сповна, що хотів і міг ти.

2014–2022

***

Listen awhile, my Lord, and let me tell
you things I need to hear. You'll find no trace
of hatred in me; pain is all I feel
for those whose souls this war has burned to ash.

And from that ash, from everything profane,
I've plucked my child and fled to the world's far end,
away from siren song and lilac rain
that soaks, like living water, my dried-out hands.

Your gift to me is the world, fruit that won't harm,
a roof between my child and heaven's blue.
You carried me over three borders in your arms,
so tell me now - what can I do for you?

Words are my refuge; they help to quell my fear.
What talent do I have? To love and breathe out poems.
You fill my path with good people, and sincere,
so tell me now - what should I do for others?

I feel I'm chasing someone else's spring,
and my soul is running, running, but falling behind.
I have no peace, no sleep, though lack no thing
that you've been able to give me, or had in mind.

Translated by Richard Coombes

СЛОВАРЬ

1

Пусть небольшой, но свой, но теплый дом
обязан быть у каждой Божьей птахи,
чтоб были в нем стол, стул, стихи и страхи,
и детская, и садик за окном.

Неплохо — школа, парк и магазин,
но важно — чай в стакане ограненном
и ласточки, кричащие вблизи
в предчувствии дождя неугомонном.

Пусть ночь ночует в парке под замком,
а день привязан, как воздушный шарик,
есть ласточки, кричащие о том,
о чем я даже думать не решаюсь.

Простая жизнь, почти что без затей,
настойчиво часы стучат и тают.
Но дождь прошел, и улица светлей,
и ласточки, как голоса детей,
весь день кричат и ночью не смолкают.

Весь день кричат и ночью не смолкают
кузнечики, соседи, соловьи.
И вдруг — недолго — тишина такая,
что слышно, как минуты пролетают
и яблоки краснеют от любви.

О, райских ягод терпкий аромат,
вплетенный ловко в запахи обеда.
И кружевная тень на виноград.
И дни, как журавли, летят, летят,
неспешней, чем застольная беседа.

Похоже, отпуск близится к концу.
Варенье сварим и затем сборы.
Вот только б не забыть задернуть шторы...
И яблоки не позабыть, которым
любовь навек прихлынула к лицу.

3

А если нам вернуться в словари
любимых мест? Нет, в золотую прозу,
где Город расставляет фонари,
как часовых у царского обоза.

Все улицы еще впадают в Днепр,
а Левый берег столь необитаем,
сколь лешими заполнен, и на дне
оврага ходит рыба золотая.

Мы были бы свободны и близки,
не так, как берега реки великой,
а словно струи маленькой реки,
звенящей вдоль поляны с земляникой.
Хотя одной земле принадлежим,
как Левый берег, ты недостижим.

Не подменяя музыку собой,
звучу в одном адажио с природой.
Как этот полдень серо-голубой
следит за танцем неба с непогодой.
Не подменяя музыку собой,
я стала звуком гласным, отголоском
весны твоей, мой город голубой,
твоей зимы рифмованной полоской.
Из словарей изъято слово «мы»,
отвоевал мой дом, сожжен, подорван,
а я — о хлебной милости зимы,
о санках, пролетающих Подолом.
Звучу о том, что грянут январи,
в которых мы вернемся в словари.

5

Я помню только музыку о нем.
Лица не помню, голоса не слышу.
Соседский дождь, присматривая дом,
как кровельщик, выстукивает крышу.

Я помню и не нужно докучать,
молчаньем в рифму заполняя бреши.
Я часто плачу, но моя печаль,
что свитер на плечах окаменевших.

Я помню то, что надо бы отдать,
не пряча под сукно иносказаний.
А дождь идет, забыв, что он — вода
и на соседней улице хозяин.

Все отступило: лица, голоса.
И дом отрезан от и обесточен.
Но дождь идет, подравнивая сад,
как щель на волю, прорезая почерк.

Благодарю. Он трудится не зря,
стукач в окно, окрестной пыли сборщик.
Темнеет, и при свете словаря
я слышу только музыку, не больше.

АМАДЕЙ

1

И только музыка одна
еще имеет власть над нами.
Виктор Глущенко «Музыка»

В метро играет Амадей.
Пусть протекает стратосфера,
а наверху полно людей,
одетых пасмурно и серо, —
в метро играет Амадей.

Он снова втиснулся в проход
меж суетой и преисподней.
Горит подземный небосвод
нарядней елки новогодней.

Как будто радости сполна
отмерено большим и детям.
И только музыка одна
о нас печалится на свете.

Сигналит поезд заводной.
Судьба ломается на части.
И только музыке одной
есть дело до твоих несчастий.

Жетоны автомат жует,
как будто в нем живет пиранья.
Играет Моцарт мирозданью,
взамен не требуя щедрот,
а только толику вниманья.

Бегут косынки и пальто,
бегут домой зонты и боты.
И только музыку никто
не ждет, уставшую, с работы.

Играет Амадей в метро.

2

Куда звонит и где болит —
легко определить по тону,
а кто со мною говорит —
не разобрать по телефону.

Ночь непроглядна и тиха,
а нам дается в ощущеньях.
Он скажет: «Таинство стиха
подобно таинству прощенья».

Знобит эфир, и связь фонит,
частями отдавая звуки.
Он скажет: «Только алфавит
от Бога, а стихи — от муки».

Ночь на дворе, и завтра в семь,
а он красноречив без меры.
Ему уже неважно с кем,
он ждет попутку на Венеру.

Но выпив чарку на коня,
спалив архив, дойдя до точки,
он зацепился за меня,
чтоб не сорваться в одиночку.

Слова охотятся на нас,
а мы — на них в угодьях книжных.
Он говорит, что вирши — глас
впустую для своих и ближних.

Гудки. Кого и в чем винить,
когда в режим автопилота
душа уходит, отработав.
Я успеваю позвонить
за миг до старта космолета.

Невесомые, шелковые слова —
в рядовой переписке.
Словно фокусник из рукава
вынимает платок рукописный

и сугробы целует весна,
точно руки — покойнику.
Те слова — что отдушина сладкого сна
после сна беспокойного.

А по правде-то — все, что хотели сказать,
проступает на белом
не в глаголах, а в складках меж ними, в пазах,
в неразрывных пробелах.

НЕБЕСНЫЙ ХОСТЕЛ

Капало и журчало,
плакало с потолка.
Злился монтер курчаво
в поисках молотка.

Тучная кастелянша,
ром с молоком в крови.
Хостел забит, и нашим
нечего тут ловить.

В шутку ли, перепостом
из запредельных книг
этот небесный хостел
выдал поисковик.

Курево спрячь на после,
звезды зазря не жги —
в этот небесный хостел
селят одни дожди.

Вывеска «Нет свободных».
Не проплатив ночлег,
мнется в одном исподнем
на остановке снег.

Денег к зиме не густо.
Сторож беднее всех,
но нелегально пустит
нас в нулевой отсек,

в смятый улов кровати,
рыбками в Интернет.
Не открывай объятий,
воздуха тоже нет.

Есть золотые осы,
искорки вглубь очей.
Что мне прокрустов космос?
Сплю на твоем плече.

Кто мы в остатке? Гости.
Выживших в мезозой,
нас, как и этот хостел,
завтра сметет грозой.

Кто я тебе? Ненастье,
случай на облаках.
Не открывая настежь
душу в твоих руках,

путаюсь в недоверье,
замыслах и узде.
Кто мы? Родные звери
в теле чужих людей.

Каждый в своей потере
заперт до лучших дней,
но и в зверином теле
не было нас родней.

Гаснет небесный полис,
не затемняя суть.
Боги, придумав поиск,
не проложили путь

между тобой и многим,
что открывает чат,
где, улыбаясь, боги,
лайкают и молчат.

ДЕРЕВЬЯ

1

Когда я снова научусь дышать,
и спать, и есть — прочту: ты есть на свете,
и, словно подвиг, совершая шаг,
я устою на шатком парапете

и выстою, как дерево зимой, —
наотмашь бьют, бесчинствуют метели,
когда ты приведешь меня домой
и спрячешь в рудниках своей постели,

когда я снова научусь дышать,
зима уйдет в ручьи, ключи, овраги.
Я плоть от плоти — вдох карандаша
в твоей руке над плахою бумаги.

И был январь как промельк санный,
но прочиталась в январе
глава из жизнеописанья —
простое житие дерев:

родство ростка и почвы, тайны
зимовки, тяга в высоту.
А мир молчал монументально,
как сад заснеженных скульптур.

И молча, словно так и надо,
как будто велено молчать,
шли затяжные снегопады
с тяжелой ношей на плечах.

Был путь непрост, неистов танец
поземки, влившейся в отряд.
А нам что снег — то испытанье
на прочность кровель и оград.

А нам снега — бои без правил:
перетерпеть да устоять.
Одни деревья знают правду
о том, как нужно зимовать.

3

Так привыкнуть к зиме,
так сродниться с ее кожухом,
что в апреле застыть
потрясенно и недоверчиво:
одуванчик горит,
как лампадка твоя, переменчиво,
прикрываясь от ветра
тяжелым большим лопухом.

Означает ли это,
что заячий лысый тулуп
нам пора приобщить
к уцелевшим игрушкам в кладовке,
что рассыпалось время,
в котором метели метут
(ничего не осталось —
ни буквицы, ни заголовка)?

Одуванчик горит,
пусть неловок его фитилек:
то он вспыхнет от ветра,
то, скомканный ветром, — погаснет,
но на этом огне
время сходится в вареве строк
и кипит, и дымится,
и тянется в дымке прекрасной.

4

Оттого, что кромешно при свете и зябко в ночи,
О живых, что о детях, — с теплом или вовсе молчи.
Оттого, что в ночи — безутешно, при свете — нельзя,
Согревая в кромешной любого, кто слаб и озяб,
Он ослаб, но не сломлен, он смертен, не смей на потом.
О живых, что о мертвых, ни слова, но тоже с теплом.

5

Тени деревьев на юной траве. Небеса
так далеко, что дойти не сумеешь до ночи.
Скоро июнь. На губах не обсохла роса.
Жизнь отмечает жильцов, что ни имя — то прочерк.

Мы забываем о жизни, о той, до войны,
в новых трудах муравьиных, в пчелиных заботах.
Тени деревьев на влажной траве не видны,
близится полдень как самая верхняя нота.

Что там война — нараспев — о нажитом добре?
Дом перекатный, где в каждом углу — аллилуйя.
Места живого уже не найти на тебе,
всюду следы от кровавых ее поцелуев.

Ближе к утру догоняют подвалы, костры
на переправе, на польской границе. Чернила
пенятся. Пчелы воздушные тянут мосты
к ульям своим. Никогда уже будет как было.

Будет июнь и иное, и, Господи мой,
час до Варшавы и тот же спасательный поезд.
Мы возвращаемся, да, но сначала домой,
окна целы и целебные травы по пояс.

6

А как же иначе — кувшинки, мальки, мотыльки.
Мир густо заселен и зелен — а как же иначе...
Играет худая тарань с рыбаком в поддавки.
Прозрачна вода, как весенние очи незрячих.
И жизнь, что выходит из впадин, подвалов, пазов,
близка и желанна, как скорая наша победа.
Чего же еще, если рыба идет на Азов,
заштопаны сети? О чем еще стоит поведать?
Слова что плотва — им бы в стайки сбиваться,
мерцать,
из донного царства приглядывать за рыбаками,
что ходят на берег — бессмертье ловить на живца,
на тонкие книги, на вечную позднюю память.

***

Ибо новости — это наркотик похлеще сала:
сколько там, за рекой, полегло от чудной бациллы?
Нас и здесь-то — щепоть, и в округе осталось мало
безопасных мест — три десятка планет от силы.

В новостях говорят, что зараза уймется с Пасхой
и воскреснет жизнь в первозданной своей истоме,
а пока что четыре всадника в тесных масках
караулят тех, кто без спросу уйдет из дома.

Мы крепим осаду, неистово драя дверцы,
заливая хлоркой моря, небеса и сушу,
но всего страшнее чума, что гнездится в сердце.
Говорят, что она сперва разъедает душу.

По утрам лепестки опускают худые звезды
и светило дорогу себе устилает жаром.
Дорожают соль, тишина, родниковый воздух,
и бесценно время, что прежде давали даром.

В новостях говорят: есть надежда, а смерти нет,
скоро хаос пойдет на убыль по всем приметам,
оттого что во тьме человек человеку — свет,
и у тех, кто жив, не осталось другого света.

И когда в груди утихает первичный шторм,
понимаешь сам, не найдя у других ответа:
выживают те, кто, минуя вопрос «за что»,
задаются иным: «а зачем испытанье это».

И покуда нас уплотняет залетный штамм,
поводок натянут и намертво сжаты стены,
что еще, кроме жизни, осталось бессмертным нам?
Мы играем с детьми и читаем из Марка Твена.

Апрель 2020

* * *

Воришка, душа, побирушка,
над самой твоей головой
кормушка, она же ловушка,
для падких на хлеб дармовой.

Цикуту глотай за цикутой,
богачка, церковная мышь,
воруя у счастья минуты,
не ведая, что натворишь.

Не месяц — ухмылка слащавая
блестит, освещая дома.
Глядишь, как темнеет, сгущается,
и вдруг замечаешь: зима.

Деревья, по Брейгелю черные,
стоят по колено в снегу.
Смотри, как поземку проворную
сугроб стопорит на бегу,
как в чашке, прихваченной инеем,
к утру цепенеет вода...
Все минет, как сумерки длинные
в голодных, бесплодных годах.

За то, что вполсилы горела,
едва ль оправдаешься ты,
раз не было слов для согрева,
участия и доброты.
Ни корма не нужно, ни зрелища,
но стой, как стоишь, на своем
за всех в эту зиму болеющих
и всех, переживших ее.

Затем ли глядящие в оба
из горних, блистательных сфер
спускают на землю хворобы,
чтоб ты посмотрела наверх.
Ни корма не нужно, ни зрелища,
но будь милосерден сейчас
ко всем, ни о чем не жалеющим,
и к прочим, жалеющим нас.

2017

СЕДНЕВ

1

Всего-то две сухих недели,
а маю нечего сказать,
— и невоспитанная зелень
взрослеет прямо на глазах.

Мельчает Снов — и маловерно
застыл июнь перед прыжком,
и бестолково водомерка
елозит реку утюжком.

И держит старая ветла
размякший берег в черном теле.
И отражается листва
такою, как была в апреле.

Седнев — городок на речке Снов в Черниговской области, с усадьбой семьи Лизогубов, где дважды гостил Тарас Шевченко, бывали писатели Леонид Глебов и Борис Гринченко. Часть усадьбы занимает Дом творчества Национального союза художников Украины.

2

Плывет Десне навстречу тихий Снов,
и будит ото сна воскресный Седнев
не племя петушиное, а звон
колоколов над речкою осенней.

Еще трава густа и зелена,
всего на прядь береза пожелтела,
но ветер поднимается со дна,
пугая соек свистом оголтелым,

и осень притаилась в камышах,
ей нужно к людям, время подоспело.
У осени русалочья душа,
но теплый взгляд и бронзовое тело.

Марине Гарбер

Это Седнев. И он — захолустье и скука.
В ней живу, под собою не чуя Фейсбука,
привыкая взбивать ее сверху и снизу
и внимать петушиным ее вокализам.

Это Седнев, дыра, ржавый кофе в сельмаге,
дождевая настойка в аптечном овраге,
пахнет йодом, и морфием тянет с реки,
где зевают русалки, клюют рыбаки.

Что совсем хорошо? — Разливанный простор.
Он над дремой и думой, дорогой пустой.
И не нужно платить по часам за постой,
ибо в нашем Макондо и год — за сто.

Речка — слева, а справа, где острые травы по шею,
светляки отбивают сигналы знакомым пришельцам:
это Седнев, запруда на Лете, твоя эпопея,
сердце Родины сжато кузнечною хваткой Морфея,

здесь покойно, и в барской усадьбе господствуют
белки,
дети рано стареют, и вишни в садах — скороспелки,
тут на сутки вокруг — ни попутки, ни мил-человека...
Это Седнев. Тут Вий поднимает заплывшее веко,
и слетаются вороны на поминальные оргии
по взбесившейся панночке к церкви Святого
Георгия.

Это Седнев. Бог милует и нарушения спишет.
Нашу смерть житием искупает юродивый Гриша.
Оловянные крестики выдаст — и будете живы —
тем служивым, что завтра пойдут на войну по
призыву.

А решишься бежать — не горюй о потерянном фарте:
столько жизней в запасе у нас, сколько точек на
карте.
Это снится, что здесь, будто райская яблоня, осень,
а в соседней Вселенной найдешь городишко
посносней...

И встаешь на пути у погони за правильным счастьем.
В том, что мир безучастен, и я виновата отчасти.
Это Седнев — дыра в просочившийся, пламенный
космос,
где сияют планеты, как здесь над плетнем абрикосы.
И летит космолет, он садами летит, огородами,
будто выдали мне невозвратную визу на Родину

Угодья лета август-землемер
навскидку счел и округляет грубо
на север — до черниговских земель,
до седневской усадьбы Лизогуба.

Пора счетов и школьных дневников,
а сентябрю неймется куролесить —
запутывать бывалых грибников
и чужаков отваживать от леса.

Так день-деньской — то ввысь, то у реки
ни жизни и ни времени не жалко —
с летягой-белкой наперегонки
мелькать в дубовых закоулках парка.

Но вольные отходят времена.
Пора принять посильное немногим —
закрашивать содеянное на
дождями прогрунтованной дороге.

Еще мазки, что первые стихи —
не знаешь «как», но высказаться надо...
И тронет самодельный мастихин
багряной каплей листья винограда.
Раскрашивай и марево, и хмарь.
Холсту подобен — впитывай мгновенья,
пополнив ярко-красочный словарь
оранжевым и желтым изумленьем.

Заросший, как щетиной, ковылем,
сентябрь к закату — лиственник и травник.
Он — живописец: пишет о живом,
натягивая память на подрамник.

Рука не дрогнет — возраст мастерства:
покой и жар смешав без опасенья,
нарисовать, что ведает листва
о смерти с непременным воскресеньем.

О сентябре, о каждом, о былом,
о преходящем и произошедшем,
о паутинном, рвущемся, о нем
не говори во времени прошедшем.

Над речкой Снов, что блещет вдалеке,
над перелеском охристым и бурым
он был — как отражение в реке,
он есть — как уходящая натура.

И что вся эта жизнь, весь этот джаз?.. —
искусство вперемешку с искушеньем...
Осенний ускользающий пейзаж
теплей стократ и столь же совершенней.

СРЕТЕНЬЕ

Только бы дитя не хворало.
Большего не проси.
Прошлый год — ни много, ни мало —
всех подкосил.

Сыро и по-мартовски ветрено,
сходят на нет снега.
Помнишь, как по-бабьи на Сретенье
выла пурга?

Мамка на больничном погосте,
женка всем, кто будет в раю.
Ныне отпущаеши, Господи,
зиму мою.

Вот она, оплывшая, сточная,
тощая, глянь,
сходит снег пластами и клочьями
в реку Желань.

Выложи и ты пережитое
в сретенский чат.
Жили под верховной защитою
речки Почай.

За руки — дитя или под руки
тех, кто слабел.
Я — не про победы и подвиги.
Я — о себе.

Выстоишь в весну високосную?
Да. Устою.
Ныне отпущаеши, Господи,
зиму мою.

CANDLEMAS

Only that your child not sicken
Don't dare for more to pray
Last year more or less everyone was stricken
Mown down like hay.

It's damp and there's a March-like wind,
The snows are melting away.
Remember last Candlemas like a woman
the blizzard wailed?

A Mom on the soldiers' burial ground,
Or a wifey to all who heaven shall find.
Now lettest thou, Lord, depart in peace
This winter of mine.

There it is, runny, watery,
skeletal, look
how the snow in slabs and chunks slides
into the river Zhelan.

You too, tell all you have lived through
In the Candlemas chat.
How we lived under the supreme protection
Of our dear river Pochay.

Took a child in our arms, or our arms supported
Those who had lost their strength.
My tales are not about victories and valour,
My tales are about myself.

Will you endure the bisextile spring?
Yes. I shall be fine.
Now lettest thou, Lord, depart in peace
This winter of mine.

Translated by Douglas Clayton

***

В прицеле камеры-обскуры —
сюжет холма, рюкзак сутулый,
мазки дорожные в альбом,
но сколько ни пиши с натуры, —
нет совершеннее скульптуры,
чем вишня за моим окном.

Из-под морщин по черной корке
мироточит смолою горькой
и плачет от потери сил.
И в замысле воздетых веток
есть тот порыв от смерти к свету,
что только Пинзель уловил.

Ее неправильная точность
невычислима и подстрочна,
нерасчехлима языком.
Но перехватывает разум
не это — в самой гуще фразы
есть кто-то, с кем давно знаком.

Так узнаваемы изгибы,
как будто, к цельности спеша,
не расслоилась, не погибла,
а стала деревом душа.

И в угловатых сопряженьях
отростков и ветвей сухих
свое увижу отраженье,
но четче в кратком изложеньи,
как в избранном — заглавный стих.

Судьба вершится с опозданьем.
В округе — знатные сады,
а нам оброк — иносказанье:
цветем в отместку расписанью,
но позже всех даем плоды.

Раненья, трещины, разломы
к весне затянет добрым словом,
вишневой корочкой смола.
От чувства локтя к чуду дома
иди, где оттепель и дрема,
и радость своего угла.

Темнея, прячется округа.
Мы будем сторожить друг друга,
пока один из нас живой.
И вишня простирает ветку,
как маскировочную сетку
над непокрытой головой,

над незашторенной аллеей,
открытым слогом, что алеет
над незапекшейся губой,
над тем, что светит, не довлея,
как встреча поздняя с собой.

* * *

Эти горе-слова
не растопишь слезами.
Ни жива, ни мертва
я стою на вокзале.

И чернеет вдали
небо над Фиолентом.
Я на сгибе земли.
В кассе нету билетов.

Сердце бьет, как родник,
и расходятся створки.
Приютит проводник
в уголочке, в каптерке.

И в купейном тепле,
по кровящему следу
я приеду к тебе,
завтра утром приеду.

Я тебя обниму
и замру под ключицей.
В эту горе-весну
ничего не случится.

Я доеду домой
через пламя и копоть.
Мой божественный, мой
человеческий опыт.

ПРАЧКА

Даниилу Чкония

И тяжкий труд, и непевучий:
едва утих воздушный бой,
она отстирывает тучи
от копоти пороховой,

от гари, ярости, горячки.
В ночную смену — до утра.
Она — потомственная прачка —
и мать стирала, и сестра.

Чтоб в росах отразились кручи,
мир должен быть отчищен весь.
Она выкручивает тучи —
и всюду капает с небес.

А смена тянется — недели,
и рассыхается ушат.
От частой стирки огрубели,
стареют руки и душа.

Она стирает. Эта участь —
за счастье — знать наверняка:
в ночи отбеленные тучи —
к рассвету снова облака.

Когда закончится вода,
погаснет свет, падут морозы,
остынет твердь, но и тогда
мы не опустимся до прозы.

Еще не выросла трава
над нами, жесткая, сухая.
Пока не кончились слова,
мы будем говорить стихами

о тех, кто здесь и там, о том,
что мы едины и любимы
за Бугом, Ворсклой и Днепром,
Варшавой, Прагою и Римом.

Когда закончатся слова,
мы будем говорить по-птичьи,
о том, что родина жива,
в одной всемирной перекличке.

Жизнь долговечней, чем война,
прочней, и нет ее святее.
Мы дети, и пока она
жива, мы не осиротеем.

                            ***

When the water runs out,
light fades, frost falls, and the
firmament freezes over,
we won't stoop to prose.

The grasses, dry and stiff,
have not yet grown above us.
Until the words run out,
we'll speak in verses

of those who are far and near,
and say that we're one and loved,
above the Bug, the Vorskla, the Dnieper,
in Warsaw, Rome, and Prague.

When all the words run out,
in bird language, we'll proclaim,
in one universal roll call—
our homeland is alive.

Life's more enduring than war,
long-lasting, sacrosanct.
We're all her children, and while
she lives, we won't be orphaned.

Translated by Marina Eskin and Ian Ross Singleton

***

За всех недотянувших, недо-
любивших — молча и до дна.
Мы, как на Пасху, мыли небо,
когда закончилась война.

Мы платья легкие надели
и стол накрыли всем двором,
и наши мертвые сидели
напротив нас за тем столом.

Слова теплей, чем мех овчинный,
когда душа трещит по швам.
Не зря мы всю войну учили
детей и внуков тем словам.

Мы жили. Долгие недели
была толокою страна.
И только песен мы не пели,
когда закончилась война.

11.03.2022

ОЛИМПОС

По утрам светило горе Олимпос
говорит «люблю», говоря «навеки».
Человек — не песчинка, он — камень, литос,
и надежней не было человека.

Он построил хижину, храм, дорогу,
а всего добра — мастерок да шпатель.
Человек, и правда, подобен Богу, —
не Творец еще, но уже создатель.

Нет, не глина, — камень, его годами
проверял на прочность, шлифуя, Сущий.
На камнях деревья растут, плодами
одаряя всех на земле живущих.

Золотой Фаселис, скалистый Патмос —
где еще оставишь следы и знаки?
Нет, не птица, но, укрощая атмос,
человек летит, как звезда во мраке.

Нет, не рыба, но уплывает в море,
дабы слышать все, что приносит ветер, —
голоса детей, легкокрылый говор,
подтвержденье того, что ты есть на свете.

А когда светило горе Олимпос
говорит «люблю», говоря «до завтра»,
Он отходит в тень молодой оливы, —
не Творец еще, но уже соавтор.

А когда узнает, что быть счастливым —
драгоценней смирны, важнее злата,
зацветут в раю мушмула и слива,
упадут к ногам лепестки граната.

ОДИССЕЙ

Виктории Наумчук

Золотистого меда...
Осип Мандельштам

Что от земли — то свято, а ты не верил
в чудо березы, мяты, буркун и клевер.
И, проглотив Гомера, как все, превратно,
ты прошагал полмира. Пора обратно.

В малой твоей Итаке, в полдневном звоне —
дети, шмели, собаки, коты и кони,
утки, стрижи, цесарки, конца долинам
нет в медоносных царствах, в краю пчелином.

Вишни плодятся и чинно взрослеют грядки.
В сонной твоей Отчизне не все в порядке.
Жарко пылают маки, а зелень — чахнет.
В знойной твоей Итаке грозой не пахнет.

С мая мельчает Смош при сухой погоде.
Что же и ты, как дождь, стороной проходишь?
Донник, всем травам сотник, других лаская,
не по тебе ли сохнет, как Навсикая?

Родина за версту неподвластна глазу.
Нет, не Европа, ту не любил ни разу.
Берег без доброй влаги былье сковало.
Мы по тебе, бродяге, истосковались.

Ветры степные рыщут. Брешь — в частоколе.
Зря молодые ищут калганов корень.
Слег сенокос без мужа в яру разлогом.
Ты возвращайся, друже. Нужна подмога.

В теле твоем — свобода, в тепле овечьем.
Мы молоком и медом тебя подлечим.
Все заблужденья слуха, что сладко манят,
выбьем полынным духом в казацкой бане.

Что тебе в тех магрибах, сезамах, польшах?
Будем любить до гроба, а может, дольше —
до сотворенья мира, в приречных кущах
будем читать Гомера на сон грядущий.

2021

***

Вернеру Летцу, с теплом

1

В глиняном горле трепещет, но все же поет.
Все еще ищет опору на каждой развилке.
Кто обжигает гортань, укрепляя ее?
Слово немецкое выпорхнет ласточкой Рильке.

Музыка азбуки, нотный ее алфавит.
Сам не заметишь, как выдохнешь без подготовки
тысячу ласковых «ша», — так душа шерудит
зимнею мышью в своей потаенной кладовке.

Кажется, здесь я когда-то уже, но потом
я разучилась на этом курлычущем, щедром.
Дом, пусть на час, это все-таки кров с молоком,
детской кроваткой, звездой над окошком
крещенским.

✳✳✳

Werner Letz gewidmet, mit Wärme

1

In der tönernen Kehle zittert es, doch es singt dennoch.
Sucht noch immer Halt an jeder Weggabelung.
Wer brennt den Kehlkopf, um ihn zu stärken?
Ein deutsches Wort flattert heraus wie Rilkes Schwalbe.

Die Musik des Alphabets, seine Notenschrift.
Ohne es zu merken, atmest du plötzlich tausend
zarte „sch", — so raschelt die Seele
wie eine Wintermaus in ihrer verborgenen
                                      Vorratskammer.

Es scheint, ich war schon einmal da, aber dann
verlernte ich diese großzügige, gurrende...
Ein Zuhause, sei es nur für eine Stunde,
ist dennoch ein Obdach
                mit Milch, Kinderbettchen,
                        einem Stern über dem Fenster zur Taufe.

Что не забудешь? О чем еще помнить и петь?
Прошлым и будущим тяжко груженные лодки,
страх под подушкой, купейная душная клеть,
эти воздушные ямочки на подбородке.

Что ты забыла на этой дождливой земле?
В тощей медвежьей норе, на худом полустанке?
Многие беды, в чужом оживая тепле.
Все, чем могу, я вложила в короткое Danke

за тишину и неистовый свист поездов,
клекот высокий под небом свободным и чистым.
Дом, там, где горькой слюною скрепляешь гнездо,
где, просыпаясь, щебечет птенец золотистый.

2

Was wirst du nicht vergessen?
Woran erinnerst du dich, singst immer noch?
Boote, schwer beladen mit Vergangenheit und Zukunft,
Angst unter dem Kissen, stickige Kupé-Zelle,
diese luftigen Grübchen auf dem Kinn.

Was hast du hier vergessen,
          auf diesem verregneten Land?
In der mageren Bärenhöhle,
            an der armseligen Haltestelle?
Viele Sorgen, da finde ich neues Leben
              in der fremden Wärme.
Alles, was ich konnte, habe ich in ein kurzes „Danke" gelegt

für die Stille und das wilde Pfeifen der Züge,
der hohe Gesang unter diesem freien und klaren Himmel.
Zuhause ist dort, wo du mit bitterem Speichel
             das Nest bindest,
wo ein goldener Nestling erwacht und zwitschert.

Авторский перевод на немецкий

***

молока и меда
        меда и молока
хлеба тепла и быть может вечерний воздух
Господи не оскудеет твоя рука
сколько бы раз в нее не вбивали гвозди

молока и хлеба и может глоток вина
плед потеплее укрыться от вечной стужи
что там на завтрак у смерти война война
голод в обед и уныние сытный ужин

где на земле найдется тебе приют
где поселить семью и пробыть до срока
родина это жизнь и ее живут
и проживают вместе и одиноко

писем стихов и быть может морской прибой
места кораблику в тихой и звездной гавани
родина это то что беру с собой
в самое дальнее самое позднее плаванье

меда тепла и быть может еще любви
смерть закрепилась прочно в черте оседлой
руки ее по локоть в моей крови
но коротки они чтоб достать до сердца

хлеб из печи материнское молоко
жизни для тех кто смертен
                бессмертья родине
Ты что над водами рядом и высоко
над городами твердью людьми народами

Март 2022

По следам прочитанного

Сложнее всего, как известно, говорить о том, что вызвало эмоциональное потрясение, с чем просто хочется выбежать на улицу и прокричать: вот оно, то самое, настоящее, невероятное! Но я попробую прояснить для себя, вывести на поверхность и разглядеть то, что так глубоко меня задело в стихах Ирины Иванченко, привело чувства в смятение.

Эта книга – книга слез и света. Она рассказывает о страшных днях войны, которая происходит на наших глазах, о столкновении человека с катастрофой, о противостоянии этой катастрофе, о том, как, оказавшись с ней лицом к лицу, человек преодолевает в себе страх и отчаянье и борется с ней. И то, что в это чудовищное время у поэта рождаются стихи – и стихи такой силы! – это победа. Победа жизни над смертью. Так сквозь непроницаемый асфальт прорастает вдруг хрупкий цветок. Какой волшебной силой он, нежный и недолговечный, обладает, что может пробить эту мертвенную поверхность? Какой волшебной силой обладает поэт, пишущий стихи под бомбежками, часами находясь в холодном, сыром подвале со своими родными, а дальше вынужденный покинуть свою любимую родину и отправиться в тягостный путь, спасая жизнь своим близким? Что это, если не чудо рождения, появление из невозможности появления, отмена небытия? А рождение – это боль. И свет, от которого все приходит в движение: и внутренний мир поэта, и читателя, и, как бы неправдоподобно это ни звучало, мир внешний. Каждое состоявшееся, чудом рожденное стихотворение, упорядочивает хаос, восстанавливает разрушенное и провозглашает возможность другого рождения.

Почему еще эти стихи оказывают столь сильное воздействие? Мне важно подчеркнуть дивную ясность образов и музыкальность, которые вообще присущи поэзии Иванченко, а также целостность книги. Вошедшие в нее стихи мне хорошо знакомы и уже любимы, но здесь они зазвучали с новой силой, а сама книга предстала отдельным законченным произведением, прекрасной постройкой, где внутренние пространства не похожи одно на другое и дарят новый жизненный опыт. И в центре этого опыта всегда находится человек и бережная, вдумчивая любовь к человеку и миру.

Произведение искусства – всегда встреча: с другим голосом, видением, пониманием, переживанием, с космосом другого. Эта книга еще и одиссея. Но только герою Гомера удается добраться до родной Итаки, а вот обрести дом не удается, и он вновь отправляется в дорогу. Примечательно, что за год до своего странствия Ирина Иванченко пишет стихотворение «Одиссей», где зовет, убеждает хитроумного воина возвратиться к своим пенатам так, будто пытается развернуть русло судьбы и закончить то, что еще не началось, перешагнуть через надвигающееся несчастье, не дать ему случиться. Так вот, если Одиссей возвращается, то лирическому герою Ирины, пока (!) удается вернуться лишь в воспоминаниях, которые большей частью расположены, словно сердце, в середине книги. Но при этом он обретает дом. И это не новый дом, и не новая родина, которые священны и незаменимы, это то, что мы сами есть, и как мы есть. Такое знание возможно получить, только испытав страдание и выйдя на свет преображенным, рожденным.

Удивительно закольцована книга этой идеей. И если в первом стихотворении, в точке отправления, лирический герой проходит сквозь отчаянье, смерть, прорастает путем того зерна, что есть любовь, высказывая эту любовь и объясняя щедрость и даже всеохватность ее тем, «что последняя родина это мы сами», то в последнем стихотворении он, преображенный, открывает принципиально новое понимание родины: «родина это жизнь и ее живут», выводя тем самым свои скитания на следующий метафизический уровень. Уровень, где объект мыслей и чаяний становится действием, и действием созидающим, потому что жить – это созидать, заботится о близких, дарить другим свое тепло и поддержку, даже, и особенно, тогда, когда снаружи все рушится. В этом, я думаю, суть опыта преодоления смерти чудом рождения, в том числе рождения этой книги, где за каждой строкой стоят прожитые минуты, где каждое слово имеет вес. И это приближает победу, которой быть.

Анастасия Андреева

СОДЕРЖАНИЕ

S

Ирина Иванченко — украинский поэт и журналист, родилась в Киеве в 1974 году. Пишет на русском и украинском языках, автор шести поэтических книг. Стихи переведены на многие языки и публиковались в Украине и за рубежом. Член Национального союза писателей Украины, лауреат украинских и международных литературных премий. Член редакционного совета и редактор отдела поэзии журнала «Радуга» (Киев).

С марта 2022 года находится в Германии как беженец, живет в городке Эннигалё (Северный Рейн-Вестфалия), помогает как переводчик с немецкого и координатор украинской общины в волонтерском центре при католической парафии Святого Иакова, занимается культурными проектами, организовывает концерты украинской музыки и фотовыставки о войне в Украине.

В новую книгу поэта вошли стихотворения, написанные с начала войны в Украине, некоторые стихи из предыдущих книг, а также избранные переводы.

Ирина Иванченко
БЕЗВИЗ
Книга стихов
Second revised edition
First American edition of БЕЗВИЗ

Design and typesetting: Virgola Press
Published in 2025 by Virgola Press, New York
iryna.ivanchenko@gmx.de
https://virgolapre

www.ingramcontent.com/pod-product-compliance
Lightning Source LLC
Chambersburg PA
CBHW031548310726
48971CB00008B/2669